ちるとしふと

千原こはぎ

新鋭短歌

ちるとしふと・目次

Ⅰ

2番線ホーム　5
それはさておき　9
Ctrl+Z《アンドゥ》　14
かんたんだから　20
触れないドア　25
宇宙語　31
内耳の雨　35
きれいな声で　39
繭　43
雨のノート　48
<border="0">　52
笑っておいた　56

Ⅱ

ジャムの壜　62
しゅわり　66
星のピアス　71
傘を待つ　76
おかしな名前　80
宇宙に雨を　86
海辺　90
癖　96
絆創膏　100
スカートばかり　104
月を飲み込む　110
うぶ毛のような　114
暗号　119
外は雪　124
春のひなたに　128

解説　恋のコアな領域に　加藤治郎　134
あとがき　140

I

玄関のドアをひらけば吹いてくる風のことです春というのは

2番線ホーム

背伸びしてすべての窓にカーテンを掛けて始まるひとりの春は
おかえりと言う人のない毎日にまたひとつ増えてしまうぺんぎん

全力で曖昧なことがしたくなりジーンズひとつざぶざぶ洗う

シリアルにオールブランにグラノーラ　正しさはいつだって見えない

2番線ホームに緑色をした憂鬱がまた到着します

はげしさを秘めて笑えば穏やかな人と言われて人なんてのは
殴られた方が笑っていなければいけないらしい沁みろサイダー
叫んでもいいですか屋上なんてそのためだけにあると習った

存在をときどき確かめたくなって深夜ひとりで立つ自動ドア

謝れば許されますか食べること寝ること少しだけ笑うこと

ともだちであると確認した夜にうっかりキスを一度だけした

それはさておき

なにひとつ揺れないキスをするような大人になると思わなかった

雨の日のテールランプは赤すぎて脱皮したがるわたしを誘う

アクセルを踏んだら動く簡単な仕組みですすめばいいのに、恋も

終電を守り続けて一生を終えるのだろう　星もみえない

すべてから置き去りにされているような心地してたぶんありふれている

春いまだ遠くひとりのリビングでわたしの旬はわたしが決める

結婚はできない派でなくしない派でそれはさておき買う抱き枕

おそらくは前世しっぽであるはずのエノコログサを飼うワンルーム

旅先の路地から笑いかけてくるわたしが描いた家族のポスター

「おひとり様ですか」に「はい」と明瞭に答える少し強くはなった

長々と並ぶ横文字　結局のところはつまり鮭なんでしょう

選ばれる準備はいつでもできている玉子焼きなら焦がさず焼ける
ゆら、とすら揺れない心を前にして関係に名を欲しがっている

Ctrl+Z《アンドウ》

今朝は雨　目の奥と肩に痛みあり　起動ボタンを押してください

タブレットドライバはいつも不機嫌で慣れた手順でまずはなだめる

これ以上ない完璧な輪郭を生み出すことからはじまる仕事

一本の髪のラインを引くために何度目だろうこのCtrl+Z《アンドゥ》は

オシャレ女子のヘアアレンジを描きながら寝起きのままだ髪も素肌も

誰ひとり気づきはしない 0.2pt フォントサイズを下げる

オブジェクト配置は 0.25mm まで揃えても荒れた本棚

行き詰まる昼キーボードに突っ伏して偶然が生む詩を眺めてる

焼きたてのパンの写真を配置する今日まだなにも食べてなかった

行ったことのない街の知らない店の地図を描く行くこともないのに

保存していないイラレと凍りつくわたし一瞬で失くす四時間

ついさっき十一時だったなぜ今は三時なんだろう　とりあえず、水

目のツボを押さえて肩をほぐしつつキラキラ女子を描き上げていく

八時間置きっぱなしのコーヒーをまた口にして気づく夕暮れ

いつの間にか夜になるから黄昏を感じることもなく生きていく

わたししか音を立てない深夜二時ことり、とペンを丁寧に置く

「かわいい」を最後に言えたら合格で歯を磨くため仕舞うペンタブ

好き嫌いだってひとつの基準だと奥歯を嚙んで終える納品

通知音にすら気づかず世界からわたしを消して過ぎる一日

息を吐く、息を吸う、席から立って、歯を磨く　人間であるため

かんたんだから

すぐ消えてしまうのだろう　さくら色した言葉だけくれる優しさ

耳朶のうしろがやけに甘くなる滲んだ街を纏う視線で

誰ひとり会いたくはないこの街の雨に紛れて開く硝子ドア

初めてのシャワーに背骨を叩かれて待つ人の腕の熱さを思う

桃を抱く手つきで崩されてしまう　かんたんだから好きなんですか

なにひとつ創生しない営みに「あい」なんて音ひびかせないで

歯触りもなく味もなくコンビニのケーキの苺みたいな夜は

心ごと置き去りにする使用済みタオルをふたつ折りたたむ部屋

灰色のビル、ビル、工場　感情をひととき捨てるため歩く路地

おやすみのメールをひとつ送信し何もなかった夜としておく

真夜中の自販機だけはやさしくてお釣りも少し多めにくれる

転んだということはあとは立ち上がるだけと言われて転がっておく

さみしさを音にできないくちびるが深夜ほのかに啜るラーメン

触れないドア

有休で市役所に行くぷかぷかと他人の町でまた生きている

32番と呼ばれて32番を生きている二時間あまり

ぺたぺたぺたカツカツカツと並ぶ音　あぁ女子力の差というやつか

鮮烈な二月の催事場にいて脳も心も甘く麻痺する

思いつく限りのｉｆを書き足したソースコードで挑む告白

こいびととりあえず呼んでいいですかほかの呼び名が見つかるまでは

絶対にわたしが触れることのないドアをくぐって会いにくるひと

ふと空いたすきまを埋めるためだけのプチトマトみたいに愛されて

生温いことばをいつも吹き込んでくれるあなたの風船でいる

こなざとう舞う朝は来て追熟のりんごの頬で駅まで歩く

ずるいことずるいと言えない甘い愛だけを重ねて帰る君にも

スカートを汚すシーソーいつだってわたしばかりが好きなんだった

永遠を誓いあわないこいびとが鼻歌まじりに踏むクローバー

誰にでもひらくんじゃないただひとり全てをひらくひとがいるだけ

雨雲をぶちまけておくいつまでも名前を持たないふたりの日々に

宇宙語

かなしさの逃げ道としてびりびりとストッキングを裂きながら履く

延々と夜は深まる待つことは壊れることと少し似ていて

家族席で君と牛丼食べている家族になろうと言いそうになる

欺いてほしい青すぎる空だから正しさだけの日々じゃないから

「こんにちは、初めましての」のあの日まで巻き戻しても雨色の今日

ふるふると震えるジェンガ一瞬であなたを失くす準備をしてる

本心を言えない日々にハチミツの雨をかぶって呼吸困難

あのひとの言葉はもはや宇宙語で今日も銀河の彼方から降る

打ち明けて眠りたい夜やわらかなわたしはつまり狡いわたしだ

しあわせの数は決まっていてあとはさみしさだけを消化する日々

くすぶった火種を抱え目を閉じる　夢であなたがただ水を撒く

内耳の雨

息白く見知らぬ駅で待っている　わたし、だいじにされてなかった

それなりに片付けられた一部屋とわたしのために開けられた窓

ベランダで白煙を吐くひとと鳩、室外機、鳩、灰色の空

一本を吸い終わるまで置き去りにされることにはもう慣れていた

雨なんて降ってないけどさっきからうるさいくらい内耳には雨

喉の奥からマルボロを匂わせて深く分け入る薄い舌先

血管の中に住みたいからだじゅう隅から隅まで知りたくなって

脳味噌の一部が溶けていくらしい糖度の高いことばの雨で

体温と気温と湿度の上がる部屋　しろいね、きれい、きらい、うそつき

乾ききる夜更けにはもう嗅覚も麻痺するばかり混ざり尽くせば

その指が触れるとき何を思うのかわたしではないひととするひと

きれいな声で

脳天をスパナで殴られたような甘すぎる嘘ばかりつかれる

ふれることを強要しないひとといて微笑めば生まれてしまう棘

底の底の底の底の底まで落ちるのを邪魔するように腹を揉む猫

あとはもう乾くばかりだマジックのキャップを失くしたような終局

五杯目となるカプチーノ　ファミレスでさよならなんてやめてください

生涯を終えた白熱電球のその温もりのような失恋

この夜をずっと覚えてますように一番きれいな声で、　さよなら

じゃあねってさいごの声も届かないダウンコートに埋もれた耳に

気がつけばいつもの駅でポケットの小さな鍵を握りしめてる

藺

向かい合うわたしとわたし闇色のガラスに今日を閉じ込めてゆく

濡れそぼる舗装道路の懐かしい匂い　わたしね、ひとりになった

こんな日は月の裏側で迷いたい静かに泣ける場所を探して

帰る場所、帰るべき場所。あのひとも帰ってゆく。この街のどこかへ。

もう過去になるものばかり抱き寄せてベッドの隅で繭になりたい

たまねぎを細かく刻みたそがれの切り傷に似た離別をかくす

いつからか蓋が開かない箱がありたぶん開けたら壊れるわたし

現実と眠りの境にある影が君でないことだけを願った

見えていることだけ見えていればいい忘れるために踏みつける雪

美しく切れるハサミと知りながら素手で破いてばかりの終わり

手の中で冷たい鍵を弄ぶきみとの日々の手ざわりに似た

しずかです　あなたの字から音が消え言葉から感情が消え、凪

逢いたいとそんなに思えなくなって（いいぞ）しずかに暮れてゆく空

もうきみのものではないということを始める知らない名前の駅で

雨のノート

完徹の肌を鏡に映しつつ眠れぬことも病と思う

孤独ってこんな夜かもひとり分の海老、かぼちゃ、茄子を油に落とす

溢れだすものを残らず書き留めて雨の止まないノートをつくる

手放したひとのいること今朝もまた白線の内側に佇む

真っ白なものさしを押し当てられてわたしは間違ってばかりいるね

雨だれの音を数える　ぴん、たん、てん　世界にわたししかいない夜

下書きのなかで化石となるメール　半年前に消えた君への

少しずつ薄める記憶　メモ用紙いちまいいちまい剝ぎ取るように

水玉の生地をさくさく裁ち切って泣かない春のためのスカート

手を離す海だったひと手を離すいつも溺れてばかりのわたし

<border="0">

現実のわたしの指が幻想のわたしを閉じるため差す栞

叶わないことの重なる週末は牛乳パックをただ切りひらく

主人公だと思ってた人生で雨ばかり降る五年が過ぎる

［運命のひと　どこ］見つからないことをブラウザの果て確かめている

誰だって誰かの欠片その角が擦れ合うたびに騒がしい街

〈三番線発車します〉の声にすらすこし泣きたい〈ドア閉まります〉

触れられることもないまま日々を経て失くしつつあるやわらかな肌

指先のただれた皮膚に溜息を重ねてわたし女だったね

電球を取り替えるように捨てていくきっと光になれない言葉

道端の鏡を覗く雨上がりそちらの世界で生きてみようか

必要のない枠線を消してゆく<border="0">を世界に足して

笑っておいた

友人の個展のはがき　アーティストではないことをまた噛み締める

わたしにはわたしの道だ　不自由の中の自由を線にしてゆく

「うちの子も絵が大好きで」「そうですか」なりたい人であふれる世界

「どうしたらなれますか」には曖昧に運ですねって笑っておいた

「掲載誌お送りします」許可もなく表情は描き換えられていて

美容院のポップはつらい　誤字脱字、センター揃えにするなよそこは

渡された雑誌はすべて目を通すロゴと配置を焼き付けながら

同じページ何度もめくる、立ち止まる、美容師さんに不思議がられる

十月の本屋に積まれるわたしの絵　年賀状素材集の隅っこ

かっこいいロゴだインスタ女子風にカフェのコップをさりげなく撮る

話すとは解き放つこと三枚のホットケーキを分け合いながら

ハイビスカスティーは酸っぱい結婚は失敗わらいながら言うひと

おとなでもさみしい夜はありますかそのせいですか膝を抱くのは

Ⅱ

ジャムの壜

「よく笑うひとなんですね」笑わせてくれるひとから言われてしまう
途切れない会話（おかしい）人見知りなのに（おかしい）こんなに笑う

太刀魚もバケットもお茶も何もかもおいしいだから少しさみしい

押されたり押し返したり曖昧なバランス向かい合うということ

飛び込んでしまえば始まるひとといて硝子の夜を見下ろしている

完全にもうタイミングを失って伸ばせない手をぐーぱーしてる

目の前のやさしい指とこの指の間に眠るマリアナ海溝

親指の爪が平らであることを比べて次の約束をする

冷蔵庫奥のちいさなジャムの壜みたいに秘めた約束だった

しゅわり

驚いた顔も知りたくなったから白いレースのスカートで行く

肘と肘ふれる近さで座ってるただ前だけをじっと見ている

隣から微かな笑い声はしてそんなところで笑うんですね

まばたきをせずスクリーンを凝視する　こぼれ落ちるな　こぼれ落ちるな

立ち上がるその手に触れられたくなって「あ」って言った　言ってしまった

真っ白なショートケーキのどのへんを崩せば好きになってくれますか

木漏れ日が水色のシャツの背を撫でて羨ましいか、なんてささめく

ち、よ、こ、れ、い、とで追い抜いて見慣れない君のつむじをきれいと思う

空覆う葉をすり抜けて降りそそぐひかりのような告白を聴く

S音の苦手なひとの告白がしゅわりと溶けてゆるむ耳たぶ

ほんとうにわたしでいいの下顎骨のラインを異常に愛するような

そんなにも開け放つから飛び込んでしまうじゃないか鍵のないひと

はつなつはかがやきすぎる夕焼けを背にしたきみが見えなくなって

一つめのピアスはガラス　まだ壊れそうなふたりを閉じ込めている

星のピアス

文字だけのおはようを交わし合いながら淡く掠れた声を浮かべる

少しずつ近づいてくる　とりあえず、あ、あ、声を放つ練習

階段を下りて歩いてまた下りて並んでやっと声のおはよう

三十分なにを話していただろう空とか川とか繋ぎ合わせて

ポッキーをくすくす笑って分け合ってゆく車窓からひかりのにおい

今わたし無敵なんですこのあいだもらった星のピアスをつけて

躊躇いに気づいてはいる沈黙をあげたら触れてもらえることも

いつものを知りたい　歩くルートとかよく行くファストフード店とか

小さめの傘でよかった右肩がかすかに触れる　気づいてますか

押し付けるように繋いだ手のひらを隠してゆれる満員のバス

ただ歩くことが嬉しい降る雨も汚れた路地も強すぎる手も

ごめん月が白すぎたからもう一度さっきの二文字を隠れて言って
街灯のない遊歩道　立ち止まる理由ならただひとつしかない
くちびるにくちびるで触れたいなんて不思議ちいさく確かめてみる
キスだけで足りないそれも恋だろう君をただしく攫う終電

引き止めてしまいたくなる　大人って甘くてずるくて少し不便だ

知らぬ間に深まってゆく恋らしい落ちたことさえ気づかなかった

惜しみなく降らせるほどの愛はあり少し蛇口を固くしておく

傘を待つ

胸の奥ざあざあと降る春の夜あなたの傘をぼんやりと待つ

何もかも足りない気がするきみだけがいない深夜のタイムラインは

「あいたい」の代わりに今日も「おやすみ」をちいさく夜に貼り付けておく

きみの街から吹く風をつかまえてかすかな声のかけらをさがす

青色のインクをたっぷり含ませて綴れば届きますか、さみしさ

晴れててもひとりで泣ける両腕に溢れるほどのあじさいがある

待たないでもう眠ります　この夜はかすかに雨の匂いがするの

シロナガスクジラに乗って布団まで運ばれている夢を見る夢

おかしな名前

「寒くない？」「ちょうどいいかな」色づいた木々と背中を撫でてゆく秋

完璧な青空だから逃げ出していいか世界でふたりくらいは

この街にいつもの場所が増えてゆきふたりで付けるおかしな名前

手の甲と手の甲がついに触れ合って自然なふりでつながれる指

手を繋ぐ、歩く、言葉を交わし合う　かけらかけらを奇跡と思う

ちゃんとしたランチは初めてだと気づくスープカレーを冷ますくちびる

ごめんってまた席を立つ　ひとりきりフォークでつつくピクルスひとつ

カフェラテは冷めてしまってくちびるに固いカップをぼんやりあてる

ごめんって謝らないでたくさんの無理を通してここにいるひと

信号を待つ数分にもうずっと当然みたいにすべりこむゆび

薔薇を見るより薔薇の名を読み上げて変な名前をあつめるあそび

サルスベリ、サクラ、モミノキ、クヌギ、カシ、確信的に迷い込もうか

木漏れ日の小さな池の縁に立つどうしようもなく抱きしめられて

今わたしぜんぶに満ちるしあわせのきっとかけらも伝えていない

奇跡にもおしまいはくる帰り道いつものとおり無口になるね

あと五分ホームのベンチに腰掛けて最後の熱をうつしあうゆび
ふわふわと頭を撫でる「それじゃあ」と言い出せなくてうつむくひとの
おしまいのさいごのさいごに離すゆび　次いつふれるかわからないゆび
閉まるドアの向こうでそんな顔をして攫われたのはわたしの方だ

「会いたいよ」「会いたい」文字は泣き顔のようだ発車のドアの向こうの

宇宙に雨を

ぱたぱたとしっぽのリズムに見とれてるわたしは猫にあやされている

近道を探して地図に無い道を走るみたいな君への恋は

すきすぎてきらいになるとかありますかそれはやっぱりすきなのですか

ファンデーション重ねるようにあなたには見せないものが日々増えてゆく

できるなら熱をはらんできみに吹く風のひとつでありたい今は

目を閉じて深い宇宙に温かな雨を降らせる眠くなるまで
ひとり飲むホットココアはやさしくて忘れることを許してくれる
さよならのその夜にまた開かれる空の色した本になりたい

海辺

神戸線ホームいちばん隅っこの黒いベンチで空を見おくる

隣りあい電車を待っていることのその特別を得られる今日だ

ひとつきりのカフェラテを分け合っている膝がふれあうふたりになって

また今日もサンドイッチの具を落とすきみの油断を愛してしまう

今日一のふたりの舞台に選ばれた海辺のあかい古観覧車

これまでの日とこれからの日を何も知らずに丸い小部屋はまわる

初めての小籠包の食べ方を教えてくれた人になるひと

お揃いの細いひかりを纏わせて絡めた指と指のつめたさ

はちみつの色した君の首筋に噛み付きたくなる淋しい夕陽

オレンジがやけにやさしい終電の電光表示　裂かれてゆける

まだ夢の水底にいる　剝ぐように遠退く電車に攫われながら

いつか割れてしまう気がする暗闇を映して硝子窓は震える

無意識に噛みしめている唇をするりとほどくあなたの文字は

最寄駅にきみが着く頃ふる雨はわたしが生んだ雨雲の雨

こがれてもこがれてもあぶくのような脆い記憶でできたこいびと

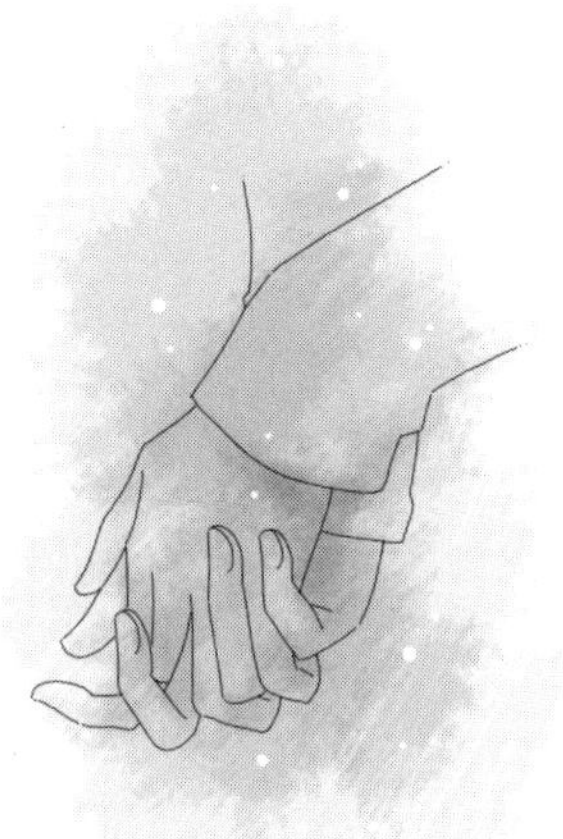

癖

牛乳がしずかに膜を張るようにあなたを少し拒んでいたい

そうこれは癖です近付き過ぎたあとそのぶん離れようとする癖

欠片さえぜんぶ棄てたいあのひとと砕けた音で話すあなたの

「こんな人どこがいいんだ作戦」を深夜にひとり忘れるために

藍色のインクでぽつりぽつり書く雨にも似ているきみへの手紙

どうせならこのまま嫌いになればいい泥濘む春を漂うボート

泣きながらたこ焼きを焼くきみからの言葉をひとつひとつ丸めて

かなしみの雨ばかり降るこのあいだ貯水タンクは空にしたのに

もう何も言えない流れゆく文字の川辺でひとり膝をかかえる

あぁいなくなるってこういうことなのかこんなにジャムの蓋が開かない

足跡を消してゆく雨　水玉の傘　前を向くしかない朝だ

絆創膏

持て余す沈黙と夜　不用意なことばをひとつきみに落とせば

一晩中降らせる雨を拭うため枕をつつむ一反木綿

絆創膏ゆっくりゆっくり剝がすよう君とはぐれる未来へ向かう

わたしから言えないことがあなたから溢れ出す日を待つ晩夏です

この位置がベストバランス月一も会わないひとを文字だけで抱く

諦めるためひらくグーグルマップ　距離がまた打ちのめしてくれる

前はいつ会ったんだっけ髪を切る前だったっけ長袖だっけ

「今日暑い」「昼はドトール」「帰るよー」言いたいことをぜんぶ飲み込む

距離を置く作戦実行中ですが月がきれいで話がしたい

スカートばかり

「終わったら連絡する」のひとことできみの特別だと自覚する

するすると過ぎろ平日　週末を浮かべ積まれた書類を倒す

きみに会うときはスカートと決めていてスカートばかりはきたい日々だ

人影をぜんぶ消したいまひるまの水槽みたいな公園をゆく

つなぎたい瞬間にくる　おそらくはつなぎたいって思っている手

生姜味唐揚げと甘い卵焼き、これが二度目の手料理ですね

しゅわしゅわと夏が終わっていくようでむやみに混ぜるクリームソーダ

ヤブイヌのやたらかわいくない顔がかわいいらしいわがこいびとは
ひとつひとつ魚の名前を当ててゆきおいしそうって同時に言った

失礼なことばかり言うふたりです「いぬみたい」「くまみたい」ラッコだ

ペンギンのブックマーカー二つ入り半分こして記憶を宿す

おーだとかわーだとかそんな音ばかり重ねて夏の夜を分け合う

雨のなか寄り添い歩く初めての肩をぶつけた夜を浮かべて

したいことされたくなってひらく花こんなに空の見えない部屋で

瞬間に世界はあまく色づいて桃ごとほおばるきみのゆびさき

所有され所有している厳かに素足にキスをされてしまえば
くちびるが突然思い出してゆく確かな熱に痺れを添えて
とろとろとぬるむ空気にほころんだ耳たぶやわくふくまれている
香水はつけない肌をつよくつよく擦り寄せきみの匂いがほしい

これほどに空っぽな身を思い知る隙間のすべてきみで満たせば
きっと今いちばんきれい内側に確かなすきを注がれている
つながる日、つながらない日、どんな日も今のふたりに必要な日々
燃え尽きてしまえば終わるこの夜にあなたがくれるかすかなひかり

月を飲み込む

喉の奥鈍い痛みをぶら下げて締め切り間近のファイルをひらく

咳き込めば微熱は上がる夏服の女性を次々描き上げながら

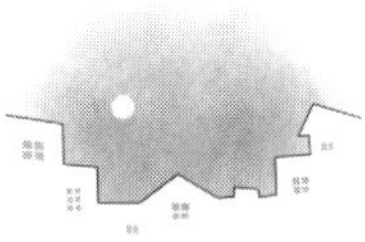

指示通り延々さがしたテクスチャを「背景白で」の四文字が消す

恋人と違って上書きしないので「前のに戻して」にも応えます

送信を終えて倒れる冷えピタの貼りつく額を机にあてて

胃の弱いことが欠点　プラシーボ的なカフェインレスのコーヒー

容赦無く真夜中メールは舞い込んでさんじゅうくどさんぶの朝焼け

声すらも知らない顧客　四度目のメールの語尾に浮かぶ七彩《しちさい》

冬深くやわらかに強いられているこの日常は選択の果て

つらいことつらいと言いたいひとがいて今夜もひとり月を飲み込む

うぶ毛のような

罫線も方眼もないあなたとのこれからを自由帳なんて呼ぶ

「しんどいよ」「うん、しんどいよ」僕たちは当たり前にしんどい恋だった

降りやまぬ雨　もうことばにならなくて読点ばかりきみへとこぼす

膝頭ふれた初めてのあの夜の震えるキスからやり直そうよ

曇り空ちぎれて落ちてくるようなさくら　いつでもきみは離れる

ばかかって怒られているばかかって初めてきみを怒らせている

「吐きそうなくらい会いたい」対立の果てにあなたが絞り出す音

あいたいとせつないを足して2で割ればつまりあなたはたいせつだった

ふうわりと愛されていることを知るうぶ毛のような心にふれて
やわらかに掠れた君の囁きでこんなに甘くなるわたしの名
よそ行きの、風邪の、いつもの、耳元の、すべての声をほしいと思う

おしまいはいつも「じゃあね」と言うきみに「またね」と返す祈りのように

暗号

あのひとに俺のと言われるためだけに長い電車にゆられています
文字だけのことばを音に変えられてうるさいうるさいこの心臓め
暗号のようねふたりのくちびるが同じ動きをしている　すてき

（見えちゃうよ）（見えないよ）（でも）（だいじょうぶ）やわらかにくち塞がれてゆく

「公道でこんなことする人だった？」「公道じゃなきゃこれで済まない」

見覚えのある部屋スーツを脱ぐあなた湯を張るわたし流れるように

くちびるをあまく染めたい肩越しにさみしい雨を降らせたあとは

それならばまた始めから息を詰めゆびを合わせて仄かな雪崩

まるで星、まるで熱、それからまるで毛布みたいなひとにだかれる

終えたあとただ寄り添って笑ってるトトロの話なんかをしつつ

太腿に踵を乗せて淡々とふたりを消費してゆく夜更け

一対のただしい器であるように重なり眠る戸棚の隅で
目覚めれば前髪を撫でてゆく風を生み出すひとのやさしい寝息
あたりまえみたいなことが特別でゆっくり弱火で焼く目玉焼き
さみしがるひとをやわらかに撫でている遠退くほどに雨を宿して

つながっていたまひるまのまっしろな波を目蓋のうらがわに秘す
さっきから撫でられているこの風はあなたのゆびの感触がする
どこまでもやさしく触れてくれるからひとりの部屋に雨をふらせる

外は雪

これ以上誰にも出逢いませんようにたったひとりを待つ冬の窓

外は雪　きみを素足で待つことを少し叱ってくれたっていい

猫化してしまいますからそれ以上あたまを撫でるのはやめなさい

すこしだけもたれてしまいたい午後のダッフルコートはやさしい匂い

届けたい言葉も無くて吐く息の白が見たくて零す「あ、雪」

ピーという陽気な音で白い朝は始まる　ゆるりコーヒーを溶く

困らせてしまいたくなる訳もなく未読のままで過ごす一日

隠しごとひとつもなくて深夜二時ひそかに丸かじりするトマト

いつまでも明けない夜だこいびとの泥の色した釈明の果て

呼びかけるたびに返事をしてくれる恋人よりも律儀なしっぽ

春のひなたに

いろいろを省略すればほぼ妻と呼ばれてもいい四月の朝に

鬱憤もミスも昨日の口論も入れてがしがし混ぜる納豆

さぷさぷと雨靴で切り裂いてゆく今朝公園は遠浅の海

丸ペンはさりさり歌うふうわりとひかりをはらむ髪を生むとき

かさついた心をまるくするためにホットケーキを焼くおまじない

この街でただひとつきりこのドアはわたしの鍵で開けていいドア

飛び立ってみたい真昼の公園でつばさみたいな蛇口をひねる

なんにでも好かれてしまうこいびとの眠るまぶたに集うひだまり

こころごと汲み取ってくれるひとがいて午後のひなたに寝ころぶここち

オオイヌノフグリを避けて歩くひと丁寧に過ぎゆく昼下がり

名前すら知らない花にも名はあってあなたもそれが気になるひとだ

ふかふかと陽だまりの音ひびかせてオルガンみたいにわらうからすき

追い風となれこの声をこの歌をあなたが春と名付けるならば

解説　恋のコアな領域に

加藤治郎

今朝は雨　目の奥と肩に痛みあり　起動ボタンを押してください
タブレットドライバはいつも不機嫌で慣れた手順でまずはなだめる
一本の髪のラインを引くために何度目だろうこのCtrl+Z《アンドゥ》は
誰ひとり気づきはしない0.2ptフォントサイズを下げる
オブジェクト配置は0.25mmまで揃えても荒れた本棚
行き詰まる昼キーボードに突っ伏して偶然が生む詩を眺めてる

「Ctrl+Z《アンドゥ》」一連から引いた。イラストレーター・デザイナーの歌である。臨場感がある。朝から雨。少し辛い感じがする。ずっと酷使している目と肩の痛みはそのままにして、今朝も起動ボタンを押す。仕事の始まりだ。雨の情景と身体感覚、システムのメッセージが一首にあって、どこか気怠い感じなのだ。仕事のハードさが滲んでいる。

ペンタブレットはイラストレーターの道具である。自然なペンの手描きの感覚で図形データを入力する装置である。イラスト、デザインといったクリエイティブな仕事をサポートする。タブレットドライバは、タブレットをコントロールするソフトウェアだ。これがいつも不機嫌で正常に動作しないという。コンピュータの世界に「なだめる」というような人間臭い行為があるのは意外である。こういった感じは当事者でなければ表現できない。

Ctrl+Z《アンドゥ》は、操作をもとに戻すことである。一本の髪のラインがイラストの勝負所なのである。Ctrl とZのキーを同時に押すのだ。力がこもる。つまり思いがこもるのだ。ナンドメダロウ、アンドゥというリズムが激しい。感情がリズムとして現れるとき、短歌形式は輝くのだ。

0.2pt のフォントサイズの変更。0.25mm まで揃える配置。二首とも数字が効いている。数字からポエジーが醸し出されるというのは不思議である。レイコンマの世界を歌うことに、プロフェッショナリズムが表れている。プロは自分の基準で動く。誰かが気づくかどうかの問題ではない。配置をぎりぎりまで揃えても、まだ荒れた本棚のように感じられるのだ。

現代短歌において、イラストレーター・デザイナーの現場とその人の内面が歌われたのは初めてのことだろう。清潔な文体である。リアリティーのある一連だ。

　　製図台に胸押しつけて線引けば幾度もゴムを床に落せり

　　雨もよひ昏るる夕べは製図紙の上にしきりに煤落ちて来つ

ふと、こんな歌を想起した。近藤芳美『早春歌』（一九四八年刊行）冒頭の「製図室」一連である。図面を引く技師の歌だ。こちらは手描きの世界である。「Ctrl+Z《アンドゥ》」はデジタルの世界だ。その違いはあるものの、どちらも鬱々とした心が歌われている。時空を超えて通じるものがある。「キーボードに突っ伏して」いるデザイナーと「製図台に胸押しつけて」いるドラフトマン《製図者》の姿は似ている。

歌人は孤立した存在ではない。一瞬で先行する歌人に繋がる。それが歌集を刊行することの意味である。短歌史のどこに着地するか。それは予期できないことなのである。

　　桃を抱く手つきで崩されてしまう　かんたんだから好きなんですか　「かんたんだから」

誰にでもひらくんじゃないただひとり全てをひらくひとがいるだけ　「触れないドア」

息白く見知らぬ駅で待っている　わたし、だいじにされてなかった　「内耳の雨」

血管の中に住みたいからだじゅう隅から隅まで知りたくなって　同

五杯目となるカプチーノ　ファミレスでさよならなんてやめてください　「きれいな声で」

恋の歌がまぶしい。蒸留水のような感触である。思いが真っすぐである。あなたは、ただひとりの存在である。私は、ただひとりのための存在である。かんたんなんかじゃない。だから大事にしてほしい。ファミレスなんかで別れを告げられるなんてありえない。柔らかく浸透する感情である。しかし、優しさのヴェールの奥には激情がある。「血管の中に住みたい」とは、怖い。怖いというか逃げ出したくなるほどの激しさだ。恋歌千三百年の歴史の中でも十指に入る苛烈さだ。

短歌は孤立した存在ではない。先行する無数の歌がある。恋の歌を詠む。そうすれば恋歌のアンソロジーにエントリーできるのだ。そして、読者は自分だけのアンソロジーを編むことができる。

孤独ってこんな夜かもひとり分の海老、かぼちゃ、茄子を油に落とす　「雨のノート」

手を離す海だったひと手を離すいつも溺れてばかりのわたし　同

すきすぎてきらいになるとかありますかそれはやっぱりすきなのですか　「宇宙に雨を」

おしまいはいつも「じゃあね」と言うきみに「またね」と返す祈りのように　「うぶ毛のような」

暗号のようねふたりのくちびるが同じ動きをしている　すてき　「暗号」

どこまでもやさしく触れてくれるからひとりの部屋に雨をふらせる　同

巧い歌は、技巧を感じさせない。孤独という思いがあるとき、海老、かぼちゃ、茄子が落ちてゆく先が煮え滾る油である。なんと切羽詰まった孤独であることか。事物はメタファーになる一歩手前にある。だから読者に負担はない。考え込むような恋歌では困るのだ。

あなたがやさしく触れてくれる幸せなシーンである。そうではない。今、部屋にいるのは私ひとりなのだ。そうすると、幻の指先の感触ということになる。なんて繊細なんだろう。雨も幻なのだ。幻が幻を呼び起こす。凝った歌なのだが、自然に受容できる優しさがある。

○

「ちるとしふと」の意味するところは「あとがき」に記されている。先走って言うことになるが、これは日常を非現実化する装置なのだ。そしてそこにこそ掴むべきリアリティーがある。現実と虚構という二項対立は前衛短歌を経た現代短歌においては有効性に乏しい。「ちるとしふと」という装置を使って探索しているのは、恋のコアな領域なのである。

この歌集が多くの読者に届くことを願っている。

二〇一八年三月十四日

あとがき

誰もがリアルな現実の街で生きながら、一方で現実感のないおもちゃの街にもいるような、そんな二面性を持ち合わせているのではないかと思う。真夜中、仕事のメールを送信し終え、首のうしろをごりごりほぐしているわたしと、おしゃれカフェでカフェラテなんか飲みながら好きなひとと笑っているわたし、どちらもわたしだけれど全く別人のようにも思えて、そんな時、わたしの中のおもちゃの街はぐんと彩度を上げてくる。

チルトシフト（tilt-shift）はカメラの交換レンズの一種で、実際の街の写真をまるでミニチュアのおもちゃの街のような写真に変身させる画像加工の名称でもある。この加工を施された写真は、リアルを写していながら、どこか現実から乖離したような雰囲気を持っている。

わたしの短歌の活動は、いつもおもちゃの街モードで広がってきた。現実じゃないところの感情を掬い取りたくて二〇一〇年からTwitterで短歌を流すようになり、自分の好きなことを全力でやっているうちに、いつの間にか一緒に楽しんでくれる友人がたくさんできた。合同短歌集を作ったり、朗読をしたり、歌会を主催したり、イベントに登壇したり、この八年の中で出会った友人たちのおかげで、わたしの短歌な活動は豊かに広がっていった。今回の歌集制作においても、あらゆる面で本当にお世話になった。友人たちがいなければこの本は一ページも出来上がらなかったと思うし、そもそも歌集を作ることにすらなっていなかっただろう。こうして振り返ると、わたしのおもちゃの街は、いつの間にか現実の街ととても近い場所になっていた。

本書には二〇一〇年から二〇一七年までの間に作った九八〇〇首弱の中から選んだ歌と、四十首近くの新作、合わせて三五〇首を収めました。編年体ではなく、選んだ歌を一から組み直してあり、イラストはすべて描き下ろし、装丁も、カバー・目次・扉等、可能な限り自分で制作しています。お読みくださる方に楽しんでいただけるよう、拙いながら心を込めて作りました。

上梓するにあたり、たくさんの方にご尽力いただきました。監修の加藤治郎さん、書肆侃侃房の田島安江さん、黒木留実さんには、わたしのわがままに辛抱強くお付き合いいただきました。改めて御礼申し上げます。そして、惜しみなく力を貸してくれたたいせつな友人たち、お読みいただいた皆さん、関わってくださったすべての皆さんにも、心からの感謝を。ありがとうございました。

この本を手に取っていただけるとき、わたしと、あなたのすべての街に、春が訪れますように。

二〇一八年三月　春一番の吹く晴れた日に

千原こはぎ

■著者略歴

千原 こはぎ（ちはら・こはぎ）

大阪生まれ。イラストレーター・デザイナー。

中学生の頃、祖母の影響で短歌と出会う。

2010年7月からTwitter上での作歌を開始。

「短歌なzineうたつかい」編集部、「鳥歌会」主催、合同短歌集などの企画・制作や、短歌朗読など、さまざまな短歌関連の活動を行っている。

2015年9月、イラストと写真付きの文庫サイズの短歌本『これはただの』発行。

Twitter：@kohagi_tw
http://kohagiuta.com

「新鋭短歌シリーズ」ホームページ　http://www.shintanka.com/shin-ei/

新鋭短歌シリーズ39
ちるとしふと

二〇一八年四月十六日　第一刷発行
二〇一九年八月　五日　第二刷発行

著　者　千原 こはぎ
発行者　田島 安江
発行所　株式会社 書肆侃侃房（しょしかんかんぼう）
〒八一〇-〇〇四一
福岡市中央区大名二-八-十八-五〇一
TEL：〇九二-七三五-二八〇二
FAX：〇九二-七三五-二七九二
http://www.kankanbou.com　info@kankanbou.com

監　修　加藤 治郎
装丁・装画・挿絵　千原 こはぎ
DTP　黒木 留実
印刷・製本　株式会社西日本新聞印刷

ISBN978-4-86385-310-2　C0092

新鋭短歌シリーズ ［第4期全12冊］

今、若い歌人たちは、どこにいるのだろう。どんな歌が詠まれているのだろう。今、実に多くの若者が現代短歌に集まっている。同人誌、学生短歌、さらにはTwitterまで短歌の場は、爆発的に広がっている。文学フリマのブースには、若者が溢れている。そればかりではない。伝統的な短歌結社も動き始めている。現代短歌は実におもしろい。表現の現在がここにある。「新鋭短歌シリーズ」は、今を詠う歌人のエッセンスを届ける。

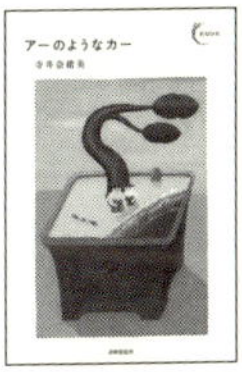

46. アーのようなカー　寺井奈緒美

四六判／並製／144ページ　定価：本体1,700円＋税

この世のいとおしい凸凹

どこまでも平らな心で見つけてきた、景色の横顔。
面白くて、美しくて、悲しくて、ほんのり明るい。　――東 直子

47. 煮汁　戸田響子

四六判／並製／144ページ　定価：本体1,700円＋税

首長竜のすべり台に花びらが降る

短歌の黄金地帯をあなたとゆっくり歩く
現実と夢の境には日傘がいっぱい開いていた　――加藤治郎

48. 平和園に帰ろうよ　小坂井大輔

四六判／並製／144ページ　定価：本体1,700円＋税

平和園、たどりつけるだろうか

名古屋駅西口をさまよう　あ、黄色い看板！
短歌の聖地から君に届ける熱い逸品　――加藤治郎

好評既刊

●定価：本体1,700円＋税　四六判／並製／144ページ（全冊共通）

37. 花は泡、そこにいたって会いたいよ
初谷むい
監修：山田 航

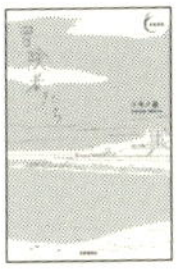

38. 冒険者たち
ユキノ 進
監修：東 直子

39. ちるとしふと
千原こはぎ
監修：加藤治郎

40. ゆめのほとり鳥
九螺ささら
監修：東 直子

41. コンビニに生まれかわってしまっても
西村 曜
監修：加藤治郎

42. 灰色の図書館
惟任將彥
監修：林 和清

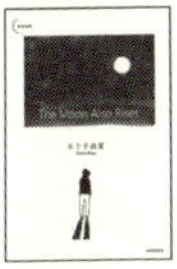

43. The Moon Also Rises
五十子尚夏
監修：加藤治郎

44. 惑星ジンタ
二三川 練
監修：東 直子

45. 蝶は地下鉄をぬけて
小野田 光
監修：東 直子

新鋭短歌シリーズ

新鋭短歌

好評既刊 ●定価：本体1700円＋税　四六判／並製（全冊共通）

[第1期全12冊]

1. つむじ風、ここにあります
木下龍也

2. タンジブル
鯨井可菜子

3. 提案前夜
堀合昇平

4. 八月のフルート奏者
笹井宏之

5. NR
天道なお

6. クラウン伍長
斉藤真伸

7. 春戦争
陣崎草子

8. かたすみさがし
田中ましろ

9. 声、あるいは音のような
岸原さや

10. 緑の祠
五島 諭

11. あそこ
望月裕二郎

12. やさしいぴあの
嶋田さくらこ

[第2期全12冊]

13. オーロラのお針子
藤本玲未

14. 硝子のボレット
田丸まひる

15. 同じ白さで雪は降りくる
中畑智江

16. サイレンと犀
岡野大嗣

17. いつも空をみて
浅羽佐和子

18. トントングラム
伊舎堂 仁

19. タルト・タタンと炭酸水
竹内 亮

20. イーハトーブの数式
大西久美子

21. それはとても速くて永い
法橋ひらく

22. Bootleg
土岐友浩

23. うずく、まる
中家菜津子

24. 惑亂
堀田季何

[第3期全12冊]

25. 永遠でないほうの火
井上法子

26. 羽虫群
虫武一俊

27. 瀬戸際レモン
蒼井 杏

28. 夜にあやまってくれ
鈴木晴香

29. 水銀飛行
中山俊一

30. 青を泳ぐ。
杉谷麻衣

31. 黄色いボート
原田彩加

32. しんくわ
しんくわ

33. Midnight Sun
佐藤涼子

34. 風のアンダースタディ
鈴木美紀子

35. 新しい猫背の星
尼崎 武

36. いちまいの羊歯
國森晴野